Laurence Paix-Rusterholtz et Christia

LA VÉRITABLE HiSTOiRE de Cléandre comédien dans la troupe de Molière

bayard poche

La véritable histoire de Cléandre a été écrite
par Laurence Paix-Rusterholtz et Christiane Lavaquerie-Klein
et illustrée par Jazzi.
Direction d'ouvrage : Pascale Bouchié.
Texte des pages documentaires : Laurence Paix-Rusterholtz et Christiane Lavaquerie-Klein.
Illustrations : carte du rabat de couverture et pages 6, 15, 24, 31, 42 : Nancy Peña ;
pages 32-33 : Patrick Deubelbeiss ;
pages 44-45 : Jean-Emmanuel Vermot-Desroches.
Photo pages 18-19 : AKG.

La collection « Les romans Images Doc »
a été conçue en partenariat avec le magazine *Images Doc*.
Ce mensuel est édité par Bayard Jeunesse.

© Bayard Éditions, 2015
18 rue Barbès, 92120 Montrouge
ISBN : 978-2-7470-5251-1
Dépôt légal : avril 2015

Tous les droits réservés.
Reproduction, même partielle, interdite.
Loi n°49-956 du 16 juillet 1949 sur les publications destinées à la jeunesse.
Imprimé en France par Pollina s.a., 85400 Luçon. L71427a.

CHAPiTRE 1
LES COMÉDiENS DU ROi

Les premiers rayons du soleil jouent à travers les volets de ma chambre. Je cligne les yeux. Ce matin, pas question de traîner au lit ! Le menuisier du théâtre compte sur moi pour peindre les décors du *Médecin malgré lui,* que l'on répète en ce moment, au théâtre du Palais-Royal.

Maman et moi habitons à deux pas du théâtre. Papa, lui, est parti depuis trois mois, avec les armées de notre roi Louis XIV, pour faire la guerre aux Espagnols, à l'est du royaume. Nous avons vécu des temps difficiles mais tout va mieux depuis que maman a trouvé ce travail de couturière, dans la troupe du grand Molière. Quand je ne suis pas à l'école, je passe mon temps avec les comédiens. À force de rendre de menus services aux uns et aux autres, je suis devenu indispensable. Mais ce que j'aime par-dessus tout, c'est assister aux répétitions !

Aujourd'hui, c'est la première fois que l'on me confie une tâche aussi importante. Il faut dire que j'ai eu douze ans il y a une semaine !

LES COMÉDIENS DU ROI

Quand je pousse la porte du théâtre, tout est calme. Alors je me glisse sur la scène encore vide et, là, j'improvise pour un public imaginaire des répliques de mon invention. Comme je m'apprête à lancer une nouvelle tirade, une voix me fait sursauter :

– Ah, voici notre apprenti comédien en pleine action ! dit La Grange qui vient d'arriver.

La Grange est mon ami, toujours aux petits soins pour moi. Excellent comédien, il a la confiance de Molière. Chaque soir, il tient les comptes et relate fidèlement dans un registre toutes les péripéties de la troupe.

suite page 7

LA VIE DE MOLIÈRE

L'enfance
Jean-Baptiste Poquelin naît à Paris en janvier 1622 dans une famille de tapissiers. Sa mère meurt alors qu'il n'a que dix ans. Son grand-père maternel lui fait partager sa passion pour le théâtre. Il l'emmène régulièrement voir les saltimbanques dans les rues de Paris. C'est là que Jean-Baptiste trouve sa vocation.

Les études
Jean-Baptiste suit des cours à la maison jusqu'à ses treize ans, puis il entre au collège. Il aime surtout la poésie et la philosophie. Après des études de droit, il reprend la charge de tapissier de son père et travaille pour le roi, mais seul le théâtre l'intéresse.

L'Illustre Théâtre
Jean-Baptiste commence par jouer dans les foires. Il tombe amoureux de la comédienne Madeleine Béjart et fonde avec elle l'Illustre Théâtre, abandonnant son métier de tapissier. Mais à Paris la concurrence est rude et les caisses de la troupe sont souvent vides. L'Illustre Théâtre part alors sur les routes de France. C'est dans ces années-là que Jean-Baptiste prend le pseudonyme de Molière.

La vie de famille
En 1662, Molière épouse Armande, la fille de Madeleine Béjart. Trois enfants vont naître, mais seule leur fille Esprit-Madeleine atteindra l'âge adulte.

Le succès
Après treize ans par monts et par vaux, l'Illustre Théâtre rentre à Paris. Louis XIV prend la troupe sous sa protection et la nomme « Troupe du roi ». Molière travaille comme un fou pendant plus de quinze ans. Il écrit, met en scène et joue lui-même. Il est très aimé de ses comédiens.

La mort en scène
En février 1673, alors qu'il joue *Le malade imaginaire* depuis quatre jours au Palais-Royal, Molière fait un malaise sur scène. Il meurt quelques heures après.

— Allez, Cléandre ! Il est temps de nous laisser la place, nous reprenons les répétitions. Et nous sommes loin d'être au point ! précise-t-il d'une voix enjouée.

Je me précipite en bas de l'estrade. D'ailleurs, le menuisier arrive avec les planches de bois qui serviront aux décors. On a déposé pots de peinture et pinceaux dans le parterre où se tient d'habitude le public.

— À toi de jouer, me dit La Grange. Tu sais qu'un bon comédien doit pouvoir tout faire chez Molière !

Tandis que je m'installe avec mon matériel, le théâtre s'anime. Les comédiens arrivent les uns après les autres. On entend des rires. Je reconnais celui de Madeleine Béjart, la comédienne préférée de Molière. Elle joue le rôle de Martine, l'épouse de Sganarelle, le « Médecin malgré lui » que Molière interprète lui-même. La Grange m'a raconté que cette pièce avait connu un beau succès lors de sa création. En la présentant de nouveau à Paris, Molière espère remplir les caisses vides de la troupe…

Soudain, la porte du théâtre claque :

— Excusez mon retard ! Tous en place ! On commence !

C'est Molière. Toujours rapide, toujours pressé !

Il traverse à grandes enjambées le parterre où je me trouve, me frotte affectueusement la tête au passage et saute sur scène. Ah, j'aimerais tellement lui ressembler, jouer avec autant d'ardeur et faire rire le public comme il sait si bien le faire !

J'essaye de me concentrer sur mon travail tandis que les comédiens s'apostrophent sur scène. Il y a là Armande Béjart, la jeune première* qui joue Lucinde, et Jacques, qui se lance dans la tirade de M. Robert :

– Holàààà, holàààà, holàààà ! Fiiiii ! Qu'est-ce ci ? Quelle infamiiiiiie ! Peste soit le coquin, de battre ainsi sa fââââmme !

Molière l'interrompt brusquement :

– Non, non et non, Jacques ! Tu n'y es pas du tout, c'est même pire qu'hier ! Tu déclames beaucoup trop !

– Comment ça ? Mais c'est comme ça qu'on fait dans tous les théâtres !

– Et moi, je te dis que tu dois parler naturellement, c'est comme ça qu'on joue quand on est un comédien du roi !

Le ton monte. Absorbé par la scène qui se déroule devant moi, je reste le pinceau en l'air… Catastrophe !

* *Jeune comédienne jouant le rôle d'une amoureuse.*

La peinture dégouline sur le décor ! Oh là là ! Il faut que je nettoie avant que ce ne soit aussi ma fête…

L'atmosphère est restée électrique toute la journée. Furieux, Jacques a même quitté le théâtre plus tôt que d'habitude. Troublé par cette dispute, j'ai du mal à m'endormir.

CHAPITRE 2
LE CHAHUT

Une bonne odeur de pâtes de fruits flotte dans la maison. Maman en a confectionné pour la représentation de ce soir.

– Bas les pattes, petit garnement ! dit-elle en riant alors que j'en chipe quelques-unes. Si tu les manges toutes, tu n'en auras plus à vendre aux spectateurs !

— Juste cette petite pour la route ! dis-je avant de me précipiter dans la rue avec mon panier de friandises.

Quand j'arrive au théâtre, il y a déjà du monde. Depuis le premier jour, le bouche à oreille fonctionne bien. À chaque représentation, le public rit de bon cœur. Il faut dire que Molière est tellement drôle en faux médecin !

La Grange, qui tient la caisse, me chuchote avec un clin d'œil :

— Je crois qu'aujourd'hui nous allons faire notre meilleure recette !

Je me fraye un passage entre les spectateurs du parterre avec mon panier :

— Deux sous la pâte de fruits ! Une petite douceur avant le spectacle ! Seulement deux sous !

J'ai du mal à me faire entendre. La foule est particulièrement bruyante. Un groupe d'hommes attire mon attention. L'un d'eux montre la scène avec force gestes, ce qui déclenche l'hilarité de ses compagnons. Me voyant, il s'exclame :

— Par ici, petit ! Voyons si les pâtisseries de Molière sont aussi mauvaises que ses répliques !

Sous l'insulte, je me fige et je cherche quelque chose à répondre. Mais voilà qu'un murmure réjoui monte de la salle : La Grange apparaît sur scène devant le rideau encore fermé. D'une voix claire, il annonce :

— Mesdames et messieurs, illustres spectateurs, voici pour vous ce soir la farce que tout Paris court voir. Préparez-vous à rire et à vous émouvoir. Que le spectacle commence !

Je n'ai que le temps de me glisser à ma place favorite, juste derrière le rideau tout au bord de la scène. De là, je suis invisible, mais je vois tout !

La pièce commence par une dispute entre Sganarelle et sa femme Martine :

MARTINE : — Peste du fou fieffé.

SGANARELLE : — Peste de la carogne.

MARTINE : — Que maudits soient l'heure et le jour où je m'avisai d'aller dire oui.

SGANARELLE : — Que maudit soit le bec cornu de notaire qui me fit signer ma ruine.

Les répliques s'enchaînent et déclenchent les rires. J'ai beau les connaître par cœur, les pitreries de Molière m'amusent toujours autant.

suite page 16

LES MÉTIERS DU THÉÂTRE

L'allumeur de chandelles
Au temps de Molière, on utilise des lustres à chandelles pour illuminer le théâtre et on éclaire le devant de la scène par une rangée de bougies. L'allumeur doit changer les chandelles toutes les vingt minutes environ, sinon elles se mettent à fumer puis s'éteignent tout à fait.

Le souffleur
Caché derrière le rideau dans les coulisses ou dans une trappe placée sous la scène, il souffle le texte aux acteurs qui ont un trou de mémoire.

Le copiste de rôles
Il conserve les manuscrits originaux des pièces et recopie pour chaque comédien le texte de son rôle. Le souffleur est souvent chargé de cette mission.

Le costumier
Le métier de costumier n'existe pas vraiment à l'époque de Molière. Les acteurs possèdent leurs costumes, choisis souvent parmi leurs propres vêtements ! Dans les grandes troupes de théâtre, les costumes sont offerts aux comédiens par leurs protecteurs.

Le décorateur
C'est souvent un artiste peintre. Il représente sur des toiles le décor, par exemple une forêt, une rue, un palais, imaginé par l'auteur. Les toiles sont ensuite fixées à une armature de bois (un châssis) pour pouvoir être installées sur scène et manipulées.

Le machiniste
Grâce à un système de cordes reliées à des treuils et des poulies, les machinistes font apparaître et disparaître les éléments du décor. Ils travaillent plusieurs mètres au-dessus de la scène dans les « cintres ». Ce sont souvent d'anciens marins qui n'ont pas le vertige, habitués à monter dans les cordages des bateaux.

Mais soudain des sifflets fusent, suivis de cris :

– Hou ! Hou ! À bas la vulgarité ! Ce texte n'est même pas écrit en vers !

Qui fait tout ce tapage ? C'est l'homme qui tout à l'heure se moquait de notre cher maître. Mais d'autres lui répondent :

– Taisez-vous ! Vous n'y connaissez rien ! Laissez-les jouer !

– C'est pas du théâtre, ça ! On se moque des spectateurs ! riposte à nouveau l'agitateur.

Jusque-là, imperturbables, les acteurs ont continué à jouer mais soudain, d'un geste, Molière les fait taire.

LE CHAHUT

Il s'avance sur le devant de la scène et s'adresse au malappris :

– Cher ami, pour être aussi virulent vous devez être un grand auteur vous-même ! Dans ce cas-là, venez donc réécrire mon texte, le public est déjà là pour l'entendre ! À moins que vous ne soyez offensé que mon Sganarelle, ce filou, vous ressemble tant ?

Ces mots provoquent les rires des spectateurs qui, à leur tour, se mettent à siffler l'homme et ses camarades. Furieux, ceux-ci quittent la place en tempêtant.

Les comédiens ont bien du courage de reprendre leur texte, moi, je n'ai plus du tout envie de rire…

suite page 20

UN THÉÂTRE DU XVIIᵉ SIÈCLE

À l'époque de Molière, le théâtre est très à la mode et se joue dans des salles comme celle-ci.

1. La scène. C'est l'espace où se joue la pièce.

2. La rampe. C'est le devant de la scène. Elle est presque toujours éclairée par une rangée de bougies.

3. Les lustres. Ils portent les chandelles qui illuminent la scène.

4. Les cintres. Cette partie du théâtre est située au niveau du plafond. On y remonte les décors, qui changent d'un acte à l'autre.

5. La fosse. L'orchestre s'installe ici pour jouer les morceaux de musique qui rythment la pièce.

6. Le parterre. Il est réservé au public, qui s'y tient debout.

7. Les loges. Elles sont occupées par les spectateurs fortunés, qui regardent la pièce confortablement.

8. Le décor. Il donne des indications sur les lieux où se joue la pièce et change selon l'intrigue.

9. Des spectateurs prestigieux. Le roi et la reine assistent à Versailles à la représentation du *Malade imaginaire* de Molière.

Les derniers spectateurs quittent le théâtre et les comédiens regagnent leurs loges. J'interroge alors La Grange :

– Pourquoi ces hommes en voulaient-ils à Molière ?

– Certainement des rivaux, jaloux de son succès. Allez, oublions tout ça, il faut que j'aille compter la recette.

Encore sous le coup de l'émotion de cette représentation chahutée, je suis prêt à rentrer chez moi quand La Grange surgit des coulisses en criant :

– La cassette ! On a volé la cassette !

CHAPiTRE 3
SUR LE PONT NEUF

En longeant la Seine en direction de l'île de la Cité, je repense aux évènements d'hier. Toute la troupe était sous le choc. Molière a été le premier à se ressaisir :

– Inutile de se lamenter, le plus urgent est de négocier avec les créanciers*.

C'est pourquoi, tôt ce matin, il m'a confié une lettre à porter au menuisier afin d'obtenir un délai pour

* *Personnes à qui on doit de l'argent.*

régler sa dette. Celui-ci habite place Dauphine, sur l'île. J'aperçois bientôt la belle enseigne de fer forgé. L'atelier sent bon le bois coupé et la cire d'abeille.

— Bonjour, monsieur.

— Bonjour, mon garçon, quel bon vent t'amène ?

— Je dois vous remettre ceci de la part de M. Molière, dis-je en lui tendant la lettre.

Après l'avoir parcourue avec attention, il déclare d'un ton compréhensif :

— C'est bien triste ce qui arrive aux comédiens du roi. Je vais voir ce que je peux faire.

Mission accomplie ! Chouette, j'ai du temps pour traîner sur le pont Neuf au retour. Maman dit que c'est un endroit mal famé, mais moi j'aime bien son ambiance

SUR LE PONT NEUF

de fête. Je sais qu'il faut se méfier des tire-laine*, aussi je surveille bien mes poches.

Il y a toujours du spectacle sur le pont ; devant son échoppe de bois, un marchand de potions interpelle les passants :

– Mesdames et messieurs, approchez ! Pommades, élixirs, décoctions en tous genres ! Faites votre choix !

Un peu plus loin, un malheureux livré aux mains d'un arracheur de dents pousse des cris qui me glacent le sang. À côté, un jongleur se tient en équilibre sur sa corde. Comme j'aimerais en faire autant !

Tout à coup, au milieu de la foule j'aperçois Jacques.

* *Voleurs.* *suite page 25*

LOUIS XIV ET LES ARTS

Louis XIV est un souverain qui aime l'art. Il protège les artistes et leur passe de nombreuses commandes.

La littérature et le théâtre
Louis XIV apprécie particulièrement le théâtre. Les comédies de Molière le font beaucoup rire. Il assiste également avec plaisir aux tragédies de Pierre Corneille et Jean Racine. Il chargera ce dernier d'écrire son histoire officielle.

La peinture
Le premier peintre du roi est Charles Le Brun. À la demande du souverain, il devient le décorateur de Versailles et de sa célèbre galerie des Glaces. D'autres peintres travaillent pour le roi : Hyacinthe Rigault, qui fera son portrait en majesté, ou François Desportes, qui peindra ses chiennes préférées : Folle et Mitte.

La musique et la danse
La musique accompagne la vie du roi de son lever à son coucher. Son musicien favori est Jean-Baptiste Lully. Il compose des musiques de ballets dans lesquels le roi lui-même danse ! Dans ses spectacles, Lully s'occupe de tout : musique, danse, décors et costumes.

La sculpture
Louis XIV aime se promener dans son parc au milieu de statues représentant des personnages mythologiques. Beaucoup sont sculptées par Antoine Coysevox.

L'architecture
Pour montrer sa magnificence, Louis XIV fait bâtir châteaux et édifices. Le plus fastueux de tous est Versailles, construit par les architectes Louis Le Vau et Jules Hardouin-Mansart.

L'art des jardins
À Versailles tout est fait pour éblouir ! Le parc avec ses parterres et ses bosquets est l'œuvre d'André Le Nôtre. Ce grand jardinier a inventé « le jardin à la française ».

Le comédien a l'air méfiant et jette des regards inquiets autour de lui. Il est en grande conversation avec l'agitateur de la veille. « Que fait-il avec cet individu ? » Prudent, je me dissimule pour les observer. Lorsqu'ils se séparent, je décide de suivre l'interlocuteur de Jacques. Je parviens presque à sa hauteur quand l'arrivée d'un montreur d'ours provoque un mouvement de foule. Je joue des coudes :

– Laissez-moi passer ! Je suis pressé !

– On était là avant ! Chacun son tour ! me jette un garçon, en croyant que je cherche à prendre sa place.

Je ne réplique même pas, car l'homme a disparu, emportant son mystère avec lui.

Je rentre au théâtre en courant. La Grange est en train de rédiger son registre. Il lève les yeux en m'entendant souffler. Je lui raconte mon aventure.

– Je me demande ce que Jacques complotait…, s'interroge-t-il.

– S'il n'y avait pas eu ce montreur d'ours, j'aurais sûrement découvert leur secret.

Soudain des bruits nous parviennent, interrompant notre conversation.

Un mousquetaire du roi fait une entrée remarquée, droit dans sa casaque bleue ornée d'une grande croix et la main sur la garde de son épée :

– Je dois parler à M. Molière. Où puis-je le trouver ? demande-t-il d'une voix forte.

Sortant des coulisses, celui-ci répond :

– C'est moi, que me voulez-vous ?

– Je suis chargé par Sa Majesté le roi de France de vous remettre ce pli.

Molière attend le départ du mousquetaire pour décacheter la missive royale.

Un grand sourire vient éclairer le visage de notre maître :

– Mes amis, la fin de nos ennuis est proche ! Notre roi me passe commande d'une pièce pour la grande fête qu'il donnera au château de Versailles cet été !

CHAPiTRE 4
EN ROUTE POUR VERSAiLLES

Cette fête, appelée le Grand Divertissement royal, célébrera la victoire de la France contre le roi d'Espagne. La troupe est tout excitée par cette bonne nouvelle. Maman et moi, nous avons une raison supplémentaire de nous réjouir : si la guerre est gagnée, papa va rentrer !

Molière ne quitte plus sa maison de la rue Saint-Thomas-du-Louvre. Il consacre tout son temps à

l'écriture de sa nouvelle pièce, dont le sujet reste encore secret. Je suis un des rares à le voir : tous les après-midi, je lui porte des friandises. Je l'entends parfois à travers la porte dire ses vers à haute voix. C'est sans doute pour en mesurer l'effet.

– Tiens, mon coursier préféré ! dit Molière, en me voyant arriver. Que m'apportes-tu aujourd'hui, mon petit Cléandre ?

– De la confiture de fraises et du sirop d'orgeat !

— Que voilà d'excellentes médecines pour stimuler l'inspiration ! Encore quelques jours à ce régime et mes dernières scènes seront terminées !

Je sais bien que les délicieuses confitures de maman n'y sont pour rien. On dit partout que Molière écrit vite.

Le grand jour arrive : Molière rassemble la troupe pour lui faire la lecture de sa pièce et distribuer les rôles. Je n'y assiste pas hélas, je ne suis pas acteur…

Les comédiens s'enferment toute la journée ou presque. Au moment de la collation, j'apprends que la pièce est une comédie-ballet qui parle d'un certain George Dandin. Enfin, un joyeux brouhaha annonce la fin de la réunion. La Grange se campe devant moi et proclame d'un air fier :

— Je te présente Clitandre, l'amoureux d'Angélique, l'épouse de George Dandin. C'est Armande qui jouera ce rôle.

— Et moi, je parie que Molière jouera George Dandin !

— Bien vu Cléandre ! Ce qui est sûr c'est que je me suis mis Jacques à dos : il voulait mon rôle… Il s'est vraiment énervé quand Molière lui a dit qu'il jouerait le valet

Colin : « Colin a vingt répliques tout au plus, ce n'est pas un rôle pour moi, je mérite mieux ! Encore et toujours La Grange, il n'y en a que pour lui ici ! »

— Et qu'a dit Molière ?

— « Tous les rôles ont leur importance, même le plus court ! » Et maintenant, au travail, Cléandre ! termine La Grange.

Tout le monde est sur le pied de guerre : les répétitions s'enchaînent, maman coud les costumes et je reprends mes pinceaux pour les décors. Nos journées sont bien remplies. Et c'est enfin le départ pour Versailles : devant le théâtre, les charrettes attendent d'être chargées.

— Je m'occupe des décors, propose La Grange.

— Et moi, des costumes et des accessoires, ajoute Jacques, d'un ton empressé.

Je trouve son enthousiasme bizarre… C'est que je me méfie de lui depuis l'affaire du pont Neuf. Alors je laisse partir les premiers chariots, et je me dissimule dans le sien.

Plié en deux derrière une malle, je suis ballotté sur le plancher rugueux. Le métier d'espion n'est vraiment pas

suite page 35

LES LiEUX DE REPRÉSENTATiON

En extérieur
Les troupes ambulantes vont de ville en village. Elles donnent leur spectacle, le plus souvent des farces, dans les rues, où elles installent leurs tréteaux. Elles trouvent parfois refuge dans les salles de jeu de paume, l'ancêtre du tennis. Mais leur rêve, c'est de se produire un jour à Paris.

Les demeures privées
Le roi dans ses châteaux du Louvre, de Saint-Germain, de Fontainebleau ou de Versailles, ou encore les nobles dans leurs demeures privées, organisent de nombreuses fêtes. Ils invitent souvent des troupes de théâtre, qui restent plusieurs jours pour jouer devant leurs hôtes.

Les théâtres parisiens
Au début du XVIIe siècle, il n'existe qu'une seule salle de théâtre à Paris : l'Hôtel de Bourgogne. Peu à peu la mode se développe et quelques princes aménagent même un théâtre dans leur palais. Molière s'installe au théâtre du Palais-Royal, qui appartenait autrefois au cardinal de Richelieu.

La Comédie-Française

Près de huit ans après la mort de Molière, Louis XIV ordonne la création de la Troupe de la Comédie-Française. Elle s'installera en 1799 dans le bâtiment que l'on connaît aujourd'hui. Ce théâtre est surnommé le Théâtre-Français ou encore la Maison de Molière.

LES PERSONNAGES DE MOLIÈRE

Dans chacune de ses pièces, Molière fait le portrait de personnages typiques de son époque. Il décrit avec humour leurs défauts et leurs qualités.

1. Scapin dans
Les fourberies de Scapin. Ce valet très malin aime jouer des tours à ses maîtres. Grâce à son imagination débordante, il se sort de toutes les situations.

2. Magdelon dans
Les précieuses ridicules. Elle cherche à imiter les femmes cultivées de la noblesse. Mais son langage et son comportement maniérés la rendent ridicule.

3. M. Jourdain dans
Le bourgeois gentilhomme. Ce bourgeois vaniteux et un peu sot fait tout pour ressembler à un gentilhomme, dans l'espoir de séduire une belle marquise.

4. Argan dans
Le malade imaginaire. Ce riche bourgeois s'invente plein de maladies. Son entourage en profite pour lui prendre son argent.

5. Martine dans
Le médecin malgré lui. Elle est l'épouse maltraitée de Sganarelle. Elle lui joue un bon tour en le faisant passer pour un grand médecin.

6. Harpagon dans *L'avare.* Cet avare
maltraite sa famille et ses domestiques qu'il soupçonne de vouloir lui voler sa cassette remplie d'or.

de tout repos ! Soudain une forte secousse me fait tomber à la renverse. Le dos tout endolori, je me redresse. Et là, je vois qu'on fait demi-tour ! Sans plus de prudence, je m'écrie :

– Mais où allons-nous ? Ce n'est pas la route de Versailles !

En m'entendant, Jacques se retourne brusquement :

– Mais qu'est-ce que tu fais là, toi ? s'exclame-t-il. Tu vas descendre d'ici et me laisser tranquille !

Et il m'agrippe pour me faire passer par-dessus bord. Je résiste tant bien que mal. Dans la bagarre mon pied heurte un objet dur : je reconnais la cassette volée ! Je me mets alors à crier :

– À l'aide ! Au voleur !

Mes cris alertent des passants qui accourent. Un monsieur à moustache retient les chevaux tandis que deux autres maîtrisent mon agresseur. Par chance, l'un d'eux est un officier de la maréchaussée, chargé de la sécurité. Jacques est alors contraint d'avouer son forfait : il est au service d'une troupe de théâtre rivale à laquelle il allait remettre la cassette. Et il ajoute, fanfaron :

— Je devais aussi voler les costumes pour empêcher la représentation de ce soir…

J'avais donc vu juste !

CHAPiTRE 5
TOUS EN SCÈNE !

Jacques est emmené par la maréchaussée. Sans perdre un instant, je saute à l'avant du chariot et saisis les rênes des chevaux. L'homme à moustache me demande :

– Ça va, petit ? Tu pourras conduire ton chargement à bon port ?

– Oui. Merci pour tout !

– Quand tu auras passé la porte, Versailles, c'est tout

droit sur la route de Chartres. Le château, tu ne peux pas le rater !

Pour me rassurer, je me dis que, si rien n'effraye les chevaux sur la route, je devrais y arriver. Je parviens aux grilles du château après un temps qui m'a paru bien long.

À l'entrée, les gardes m'arrêtent :

– Où vas-tu comme ça, jeune homme ?

– Je rejoins les comédiens du roi qui ont dû arriver il y a déjà un moment. Je transporte les costumes.

– Ah ! C'est toi que tout le monde cherche ?

Je réponds évasivement :

– Oui, j'ai été retardé. Savez-vous où je peux retrouver la troupe ?

— Va jusqu'au bout de l'allée royale. Ils sont tous en train de s'installer dans le nouveau théâtre.

Je suis accueilli avec soulagement. Tout le monde me presse de questions pour savoir ce qui s'est passé. L'émotion m'envahit et je suis incapable d'aligner deux mots.

— Il est sous le choc, le pauvre petit ! Laissez-le respirer, ordonne Madeleine Béjart en écartant ses compagnons.

Mais je reprends vite mes esprits et raconte ma mésaventure.

— On te doit une fière chandelle, Cléandre ! Tu es un garçon courageux, me dit Molière en me frottant la tête de son geste familier. Grâce à toi, ce n'est pas ce soir que Molière jouera en haillons devant le roi !

Molière trouve toujours la réplique qui fait mouche pour détendre l'atmosphère.

— Trêve de plaisanterie, reprend-il. Nous n'avons plus personne pour jouer Colin. Qui se sent capable de prendre le rôle au pied levé ?

— Moi !

Je ne sais pas ce qui m'a pris, c'est sorti tout seul de

ma bouche.

– Toi, Cléandre ? Et comment penses-tu apprendre le rôle d'ici ce soir ? s'amuse Molière.

– À force d'assister aux répétitions, je le connais par cœur…

Molière semble hésiter. Alors j'ajoute en bombant le torse :

– Et puis je suis grand, je pourrais avoir l'âge d'un valet…

– Je te prends au mot ! Voyons ça !

Je me lance, le cœur battant :

COLIN : – Monsieur.

GEORGE DANDIN : – Allons, vite, ici-bas.

COLIN : – M'y voilà. On ne peut pas plus vite.

GEORGE DANDIN : – Tu es là ?

COLIN : – Oui, monsieur.

J'interprète mon rôle sans faire une erreur. Je suis Colin, le valet malin qui saute dans tous les sens et se moque de son maître ! La troupe rit et m'applaudit. Tout émue, maman me serre dans ses bras. Molière s'exclame :

– Nous avons trouvé notre nouveau Colin, les amis !

suite page 43

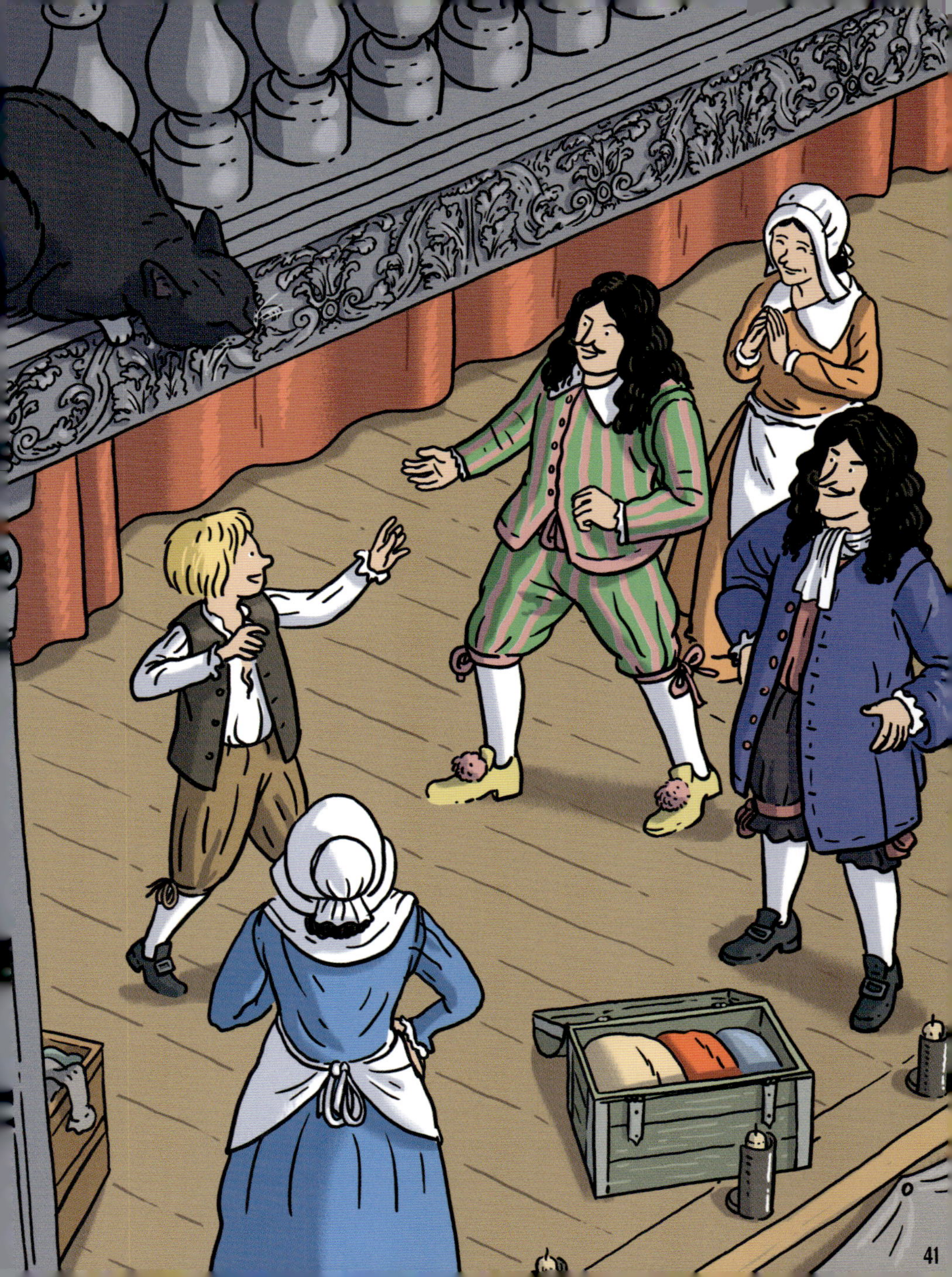

LES DIFFÉRENTS GENRES DU THÉÂTRE

La farce
C'est une courte pièce de théâtre qui se moque des gens de façon un peu grossière. Elle se joue dans les foires ou dans les rues. Molière, qui appréciait beaucoup les farces, en a écrit lui-même quelques-unes.

La commedia dell'arte
Née en Italie à la Renaissance, la commedia dell'arte a beaucoup de succès en France. Les acteurs, qui jouent des personnages tantôt rusés tantôt naïfs, comme Arlequin, Colombine et Scaramouche, portent des masques. Ils improvisent leur texte à chaque représentation et font de drôles d'acrobaties sur scène.

La tragédie
Inspirée des mythes de la Grèce antique ou d'évènements historiques, la tragédie provoque chez le spectateur des sentiments de peur ou de pitié. Écrite en vers, elle possède des codes très précis : l'action unique se déroule dans un même lieu et sur une seule journée. La plupart du temps, l'histoire se termine mal.

La comédie
C'est une pièce qui critique certaines catégories de personnes sur un ton comique et les met dans des situations souvent ridicules qui font rire les spectateurs. La moquerie permet aux auteurs de parler de sujets qu'on ne peut habituellement pas aborder, la religion par exemple.

La comédie-ballet
De petits morceaux de musique joués et dansés rythment la pièce, comme dans *George Dandin*. Ils font partie de la comédie à part entière. Les comédies-ballets sont souvent écrites pour les spectacles donnés à la cour. Molière en a écrit dix en douze ans !

À moi, il chuchote, attendri :

— Tu me rappelles un certain Jean-Baptiste Poquelin… À ton âge, j'aimais déjà jouer la comédie.

Mais les effusions sont de courte durée, il y a tant à faire avant la représentation de ce soir.

Je m'inquiète auprès de La Grange :

— Tu crois que nous serons prêts à temps ?

— J'en suis sûr, Cléandre ! Je n'ai jamais vu Molière manquer un lever de rideau !

La cour prend place au parterre et dans les loges. On perçoit les murmures du public qui admire le somptueux théâtre avec ses lustres de cristal étincelant et ses tapisseries chatoyantes.

Maman a la patience de compter les spectateurs : ils sont près de deux mille ! Nous n'attendons plus que le roi. Le voici qui arrive en grand habit d'apparat, accompagné de la reine. Ils prennent place sur les deux fauteuils de velours rouge et or qui leur sont réservés, au centre du parterre.

Le spectacle commence sur la musique composée par Lully, le musicien préféré du roi. Quand arrive mon tour

suite page 46

LE GRAND DIVERTISSEMENT

Cette fête est organisée en 1668 à Versailles, à la gloire de Louis XIV, vainqueur de la guerre contre les Espagnols.

1. Parterres et bassins. Pour les festivités, le parc du château est orné de parterres illuminés et de fontaines.

2. Les gens du peuple. Les ouvriers, les valets, les jardiniers qui travaillent au château ont été conviés par le roi à participer à la fête.

3. Louis XIV et Marie-Thérèse. Le roi et la reine prennent le carrosse pour rejoindre le théâtre.

4. Carlo Vigarani. « L'intendant des menus plaisirs du roi » a imaginé le théâtre dans lequel Molière joue.

5. Jean-Baptiste Lully. Il a composé la musique des ballets de la pièce de Molière.

6. Les musiciens. Ils jouent dans les bosquets pour charmer la cour. Plus d'une centaine accompagneront le spectacle.

7. Molière. Il a écrit la pièce *George Dandin* pour le Grand Divertissement.

8. Le feu d'artifice. Un bal et un grandiose feu d'artifice concluent la fête.

45

de donner la réplique à Molière, j'ai l'impression de vivre un rêve !

Le rideau tombe sur la dernière réplique. Dans un silence religieux, la cour attend la réaction du roi tandis que nous retenons notre souffle. L'applaudissement royal se fait entendre, et c'est l'ovation !

Jamais je n'oublierai le sourire du roi quand j'ai joué ma scène !

DANS LA MÊME COLLECTION

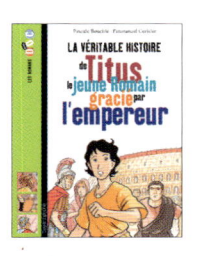

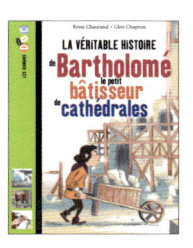

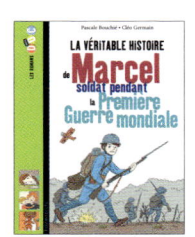

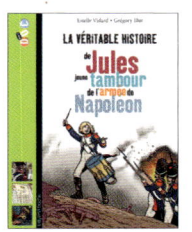

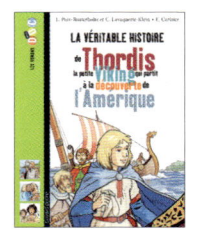

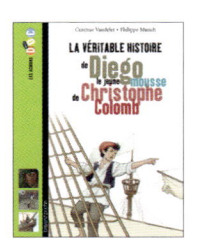

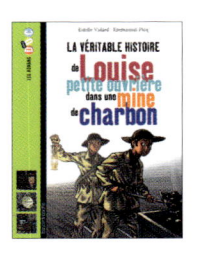

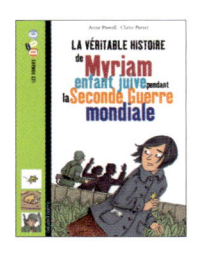

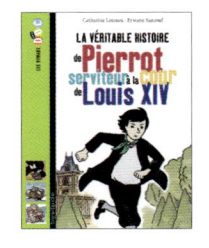

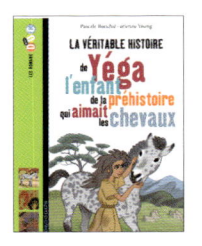

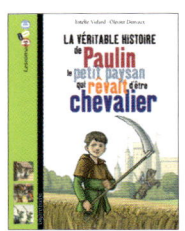

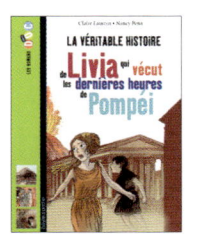

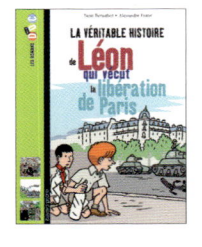

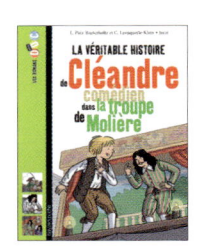

- La véritable histoire de Titus, le jeune Romain gracié par l'empereur
- La véritable histoire de Neferet, la petite Égyptienne qui sauva le trésor du pharaon
- La véritable histoire de Bartholomé, le petit bâtisseur de cathédrales
- La véritable histoire de Marcel, soldat pendant la Première Guerre mondiale
- La véritable histoire de Jules, jeune tambour de l'armée de Napoléon
- La véritable histoire de Thordis, la jeune Viking partie à la découverte de l'Amérique
- La véritable histoire de Timée, qui rêvait de gagner aux jeux Olympiques
- La véritable histoire de Diégo, le jeune mousse de Christophe Colomb
- La véritable histoire de Louise, petite ouvrière dans une mine de charbon
- La véritable histoire de Margot, petite lingère pendant la Révolution française
- La véritable histoire de Myriam, enfant juive pendant la Seconde Guerre mondiale
- La véritable histoire de Pierrot, serviteur à la cour de Louis XIV
- La véritable histoire de Yéga, l'enfant de la préhistoire qui aimait les chevaux
- La véritable histoire de Paulin, le petit paysan qui rêvait d'être chevalier
- La véritable histoire de Livia, qui vécut les dernières heures de Pompéi
- La véritable histoire de Sandro, apprenti de Léonard de Vinci
- La véritable histoire de Léon, qui vécut la libération de Paris
- La véritable histoire de Cléandre, comédien dans la troupe de Molière

Le magazine de la découverte qui stimule la curiosité

TOUS LES MOIS CHEZ TON MARCHAND DE JOURNAUX

ou par abonnement sur bayard-jeunesse.com